Quirin Kuhlmann

Quirin Kuhlmanns unsterbliche Sterblichkeit oder 100 spielersinnliche vierzeilige Grabesschriften

Quirin Kuhlmann

Quirin Kuhlmanns unsterbliche Sterblichkeitoder 100 spielersinnliche vierzeilige Grabesschriften

ISBN/EAN: 9783743371088

Hergestellt in Europa, USA, Kanada, Australien, Japan

Cover: Foto ©Andreas Hilbeck / pixelio.de

Manufactured and distributed by brebook publishing software (www.brebook.com)

Quirin Kuhlmann

Quirin Kuhlmanns unsterbliche Sterblichkeit oder 100 spielersinnliche vierzeilige Grabesschriften

D. Virin Kuhlmann
Uber seine Spil-ersinnliche Grabe-schrifften.

Es blühte noch mit Mir das dreimal-fünffte
Jahr/
Als ich der Gräber schrifft zu erst ans Licht ge-
bahr:
Kein Leser/ wundre nicht/ daß si was Todtes
schmekken:
Das von den Gräbern kömmt/ behält von
Gräbern flekken.

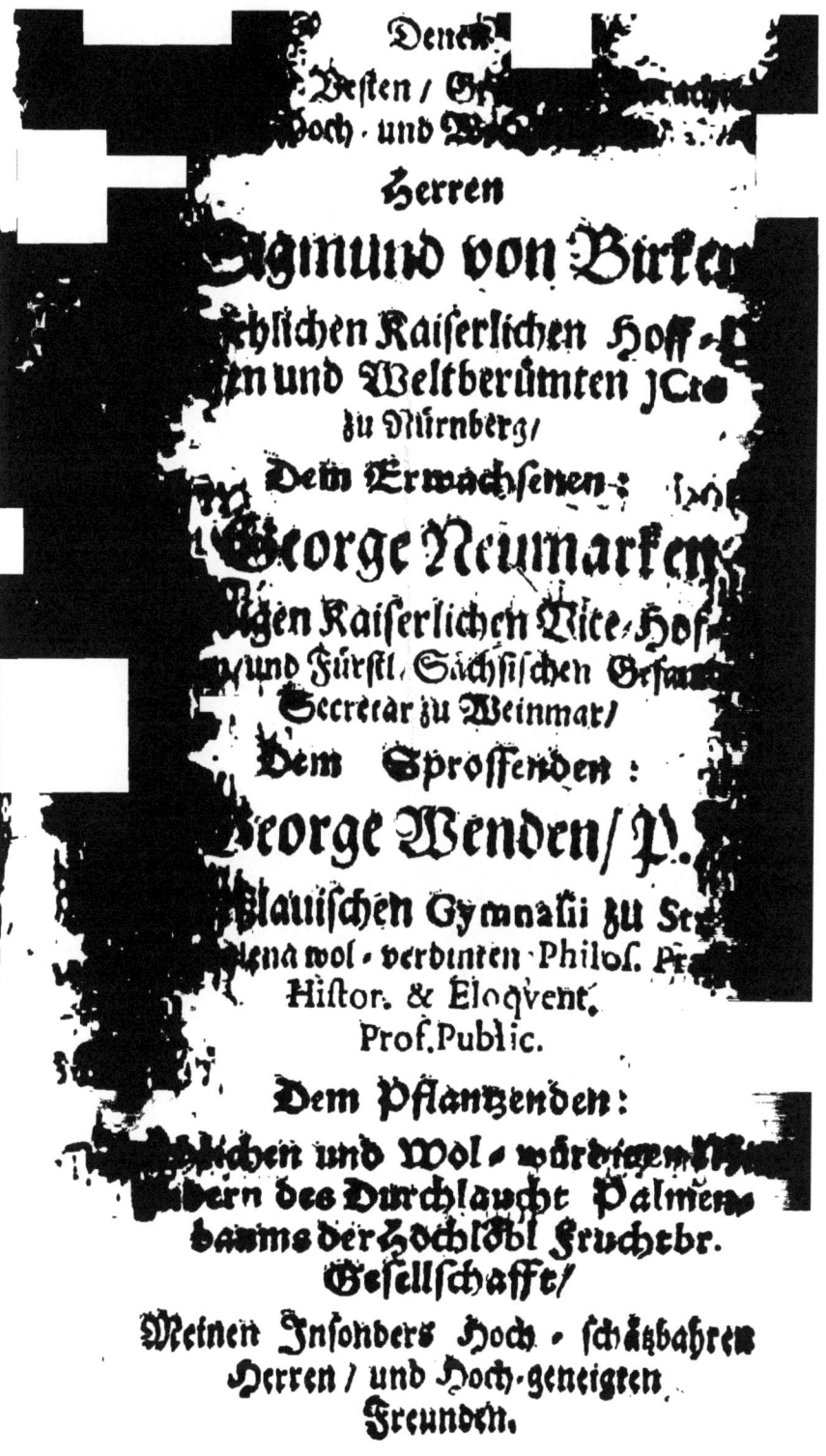

Denen
Vesten/ ...
Hoch- und Wol...
Herren
Sigmund von Birken
...chlichen Kaiserlichen Hoff-...
...en und Weltberümten JCto
zu Nürnberg/

Dem Erwachsenen:
George Neumarken
...gen Kaiserlichen Vice-Hof-...
...und Fürstl. Sächsischen Gesa...
Secretar zu Weinmar/

Dem Sproſſenden:
George Wenden/ P.
...lauiſchen Gymnaſii zu St...
...ena wol-verdinten Philoſ. Pr...
Hiſtor. & Eloqvent.
Prof. Public.

Dem Pflantzenden:
...lichen und Wol-würdigen...
...dern des Durchlaucht Palmen-
baums der Hochlöbl. Fruchtbr.
Geſellſchafft/

Meinen Inſonders Hoch-ſchätzbahren
Herren/ und Hoch-geneigten
Freunden.

Es blüht zwar dise Frucht noch bleicher a[ls]
Zipreßen /
Und scheinet kälter offt alß selbst di Leich[en]
und Schnee:
Doch wo ihr Freundschaffts-tau di Blü[h]
wird benäßen /
Bekömt si Safft und Krafft / und [reicht]
di Höh.
So lacht si aus den Reiff und i[st]
Achsen /
Nachdem si sich verneut / gepfla[nzt]
sproßt / erwa[chsen]

Meiner Hoch=schätzbahr[en]
Herren

[Z]u Jena den 20. Jenner.
1674

...mann.

Vor-

Vor-rede,
an den
Hoch-geehrten Leser.

ES wird / Hoch-geehrter Leser / von dem ädlen / und glaubwürdigem Geschicht-schreiber / dem Ammiano Marzellinus† berichtet / der in Historien Welt-Bekandte Persianische König Sapor/ in so grossen Hoch mutt gerathen sei/ daß er einen König aller Könige/ einen Bruder der Gestirne / der Sonnen und des Mondes zu benennen / sich unterstanden. Dahero wolte er/ mit seinen Hoffarts-schwangeren Gedanken/ den helleuchtenden Himmel ersteigen / und ließ Ihm/ um di Natur selbsten auch zu meistern/ eine unvergleichliche gläserne Welt-Kugel verfertigen/ derer Grösse und Hoheit/ nit ohne Verwunderung / anzuschauen. Denn es war in derselben der gantze Lauff des Himmels vorgestellet / und saß mitten darinnen / wie gleich

† Libr. XVII. Vid. Petr. Gregorius Tholozanus de Rep. libr. IX. c IX. §. 5.

Vorrede.

gleichsam auf dem Erden-Punct / diser Hoch-
muttige König / als ein Herr aller Herren und
Regent der W... Er sahe unter seinen füssen
di Sterne auff- und nider-gehen / daß er / mei-
nes erachtens, alle Sterblichen an Hochmutt
Weit übertroffen.

    Wenn wir ▓▓▓▓▓ Stern- und Welt-
▓▓▓ / mit den ▓▓▓▓▓ Verstandes / ge-
▓▓er besichtigen ▓▓▓▓ wir / daß mit di-
▓ Leben / es g▓▓▓ ▓▓schaffen. Denn
▓ selbe erschein▓ ▓▓▓ mit unvergleich-
▓er Pracht / u▓ ▓ Herrlikeit, durch
▓che nicht wen▓ ▓n di höchste Ver-
▓nderung. M▓ ▓ hoch-muttige Ele-
▓en, darien ▓ Alexandres / Do-
▓tianer / wi si ▓ ▓ter Hoffarth / ihr
▓gerichtete B▓ ▓ren befehlen, und
▓ihren Göt▓ ▓ und Erden regi▓
▓ wollen. ▓ darinnen / wi Ro-
▓ulus Sylvi▓ ▓mensch Caligula /
▓ Jupiter zu ▓ ▓nnern und blitzen
▓den Lüfften ▓ ▓laudius und Ner▓
▓Erde in See ▓ / und grosse Wasse▓
▓te darauf ▓ ▓ andere ungeheu▓
▓Colossen, / b▓ ▓ken erbauen / un▓
▓s der Welt ▓ ▓ / aus dem Himm▓
▓ne neue Wel▓ ▓ / mehr als zu toll
▓n sich un▓ ▓ Wi di Optik / durc▓
                                               Mitt▓

Mittel des Schattens/ allerhand wunderbahre Schauspile fürstellet / welche doch nichts / als ein dunckelbahre Schatten: Wi der Gold-Sonnen Silber-Schwester / bald hellen Glantz / bald schwere Finsternüsse zeiget: Also ist flüchtig und nichtig das Erden-prangen / und sind di Zeiten der Welt / nach des klugen Tacitus † aussage / nur einer steten Verenderung unterworffen; Dero Glückseligkeit ist mehr als gläsern / und ihr vornemmstes Zil di Sterblikeit. Wi weit billiger wird noch heutiges Tages gerühmet jener Römische Kaiser / welcher einsmals seine Befreundte / zu Gaste geladen / diselben mit sich in seinen Pallast geführet / der uni und um in schwartzen Flor verkleidet war / darinnen nichts ausser zwei brennende Lichter zu befinden. Er befahl ihnen / an stat der mit Gold / Silber und Edelgesteine aus-gezirten Stühle / auf di Erde zu sitzen. Er bewirthete si mit einer bessern Mahlzeit / als di verschwenderische Cleopatra den Antonien / und Kaiser Vitellius seinen Bruder / nachdem er / stat der prächtigen Trachten / der zerlassenen Perlen / der lebern von den Meer-brachsmen / der Phänicopter Zungen / dise denkwürdige Worte vorgetragen: VIVE. MEMOR. LETHI. Nicht unfüglich werde ich solches / zu meinem Vorsatze anwenden können /

als

† Annal. III. cap. L. V.

Vorrede.

als welcher ich dich / Hoch-geehrter Leser / zu den Todten-Gräbern führe / derer Grab-schriften zeige / und dir mit demselben di sterbliche Sterblikeit / oder vilmehr die Unsterbliche Sterblikeit (dann di uns auff-gesetzte Grab-schrifft kan alleine nicht ersterben) vorhalte. Ich wolte mir zwar wünschen / daß ich mit dem Trimalcio beim Petronius † dich mit etwas köstlicherm erfreuen könte / ehe ich dise Trauertrachten mit seinen Worten vorbrächte:

Heu! Heu! nos miseros! quam totus Homuncio nil est.

Diweil ich aber dessen Mangel befinde / so wirst du mit disen zu friden sein. Es ist doch mit den freien Musen also beschaffen / daß keinen / wi dort / nach dem Grossen Heinsius † / zu Athen / zu den innersten und heiligen Geheimnissen den Pallas zu gelangen / und des Helicons spitzen zu erklimmen vergünstiget ist / der nicht in den geringsten derselbigen geübet: So verhoffe ich / es werde keinem / meine Verwegenheit eine Verwunderung erweken / daß ich mit solchem gering-schätzigen Werkgen / Ihm unter Augen zu gehen Mich erkühnet / als welcher wol erwegen wird / daß aus dem Lorber-walde der Livien / ein gantzer Lorbe⸗

† Fragmento in Dalmatiâ nup. reperto p. m.
† in Oration.

her-wald mit der Zeit erwachſen ſei. † Obgleich
diſes Hundert Spil-erſinnlicher Grab-
ſchrifften welche auch ſchon/zu Überfluß/vor
zweien Jahren/meinem libſten Freunde/ und
Hertzens-Bruder/H. Gottfrid Lehmann/den
ich mir zu meinem Floritius erkohren habe/
Luſt-und Übungs-wegen verfertiget worden;
So verhoffe ich doch nichts minder ſolches
zu genuiſſen / was der Lehr-Meiſter aller
Chriſten /, der Maſſilienſiſche Biſchoff/
Salvianus ſchreibet : Mens boni Stu-
dii & pii voti, etiamſi effectum non invene-
rit cœpti operis; habet tamen præmium Vo-
luntatis. Was hierinnen di Ordnung betrifft/
ſo hab ich ſolche nicht nach Würden der Perſo-
nen geſätzet : auch unterſchidliche Schertz-
Gräber/ eingemiſchet / und bin dem Exempel
des Martials/ Owenens/ Muretens/Taub-
manns / u. v. a. gefolget. Solte ich aber ver-
ſpüren/daß du diſes Hundert wol aufnehmeſt/
und dein geneigtes Gemütte gegen mir erklä-
reſt/würde ich auffgemuntert werden / mein
Vorhaben ferner in das Werk zu richten/ und
verheiſſe dir / mit Beiſtand Göttlicher
Hülfe nebenſt etlichen Bücher Sonnetten/

Ob

(Ob diſes volführet/ laß ich meine
Himliſche Libes-Küſſe/ unter an-
dern Frülings-gedichten bezeugē)
meine LEHR-REICHE ELIO/
deinem Gnädigen Urtheil zu unterwerffen/
(deren Heerold mit XXV. Bege-
benheiten / nach ſattſamen Ver-
hinderniſſen / ſich im Nahmen
GOTTES gleich darſtellet.)
Gehabe dich wohl. Zu Breßlau den XV. Mertz
cIɔ.Iɔc. LXVIII.

Auctoris
GALLIAMBUS
de ſuo Libello

Liber hicce Mundus ingens; Numeri il-
lius Homines
Gemini: BONOSq́; paucos, ut in Orbe
reperies.

SAMUEL POMARIUS,

SS. Theol. D. & P. P.

Illuſtris COLLEGII STATUUM EPPERIENSIS in ſuperiori Hungariâ Moderator & Director Supremus,

Litteris die 30. Januar. 1669. Epperies. datis.

ad

M. CHRISTOPH. POMARIUM,

Athenarum Matio-Magdalen. Vratislavienſium,

Correct. & Prof. celeberrim.

Fratrem ſuum Germanum,
Optimè de me meritiſſimum.

* * *

QVIRINUM CULMANNUM

è transmiſſis EPITAPHIIS, ob Ingenium, Induſtriam & multam Claſſicorum Auctorum & Philologorum lectionem laudo: ut impoſterum, Patronorum aliis ſublevatus:

Sublimi feriat ſidera vertice,
Et in Patriæ inclytæ Famam ac Uſum diurnet FELICITER, ex animo opto &c.

Wer in der Sterblikeit Unsterblich leben wil/
Dem sei der Sterbens-tag sein einig-libstes Zil:
Weil er nun/ Werther Freund/ auch eh'
er stirbt/ wil sterben/
So wird er hir und dort Unsterblichs
Lob erwerben.

J. C. H.

A. Z.
Hundert
Spil-ersinnlicher Virzeiliger
Grabe-schrifften.

I.
Grab Martin Opitzens /
des Schlesiens Homerus.

Es ligt in diser Grufft a
  versenket
Des Teutschen Helicons,
  sich getränket
Mit seinem güldnem Me
  ein grosses Me
Sich in gantz Teutschland hat ergossen hin u

II.
Grab Andreas Gryphens /
des Teutschen Sophocles.

Mein Lob und Nahme wird erklingen wei
  So lang in disem Rund noch hersche d
Ich bin dem Opitz gleich / mein Kil hat all' e
Mir hat den Lorber-Krantz di Pallas aufge

III.
Grab Friedrichs von Loga
des Schlesischen Martialens.

Ich bin aus derer Schaar / di von der Wi
Mit aller Weißheit sich zuzieren Fleiß geti
Drum gab der Musen-Printz mir solche Hü
So kaum di Meisten halb / ja kaum nur ein

IV.
Grab Desid. Eraßmus/
des Zweiten Tullius.

DIß Grab beschleust den Staub des Adlers der Ge-
lehrten/
Den alle Alten gleich di Pegasinnen ehrten:
Und wäre Tullius mit andern gangen ein/
So würd Eraßmus doch der Christen-Redner
sein.

V.
Grab L. Annäus Senecens/
des dritten Römischen Catons.

DEr kluge Seneca/der allerbeste Lehrer
Des ärgsten Wüterichs/ der grosse Tugend-Ehrer
Ward zwar an disen Ort durch Nerons Neid geleget:
Di Weißheit lebet noch/ die Ihn zum Sternen trägt.

VI.
Grab Papinius Statieus/
des Hoch-trabenden Poetens.

MEin Himmels voller Geist war Göttlich außgerüst/
Der Zentner-rede trib mit Nectar angesüsst:
Ich must/ Agauen schlecht aus Hungers Noth verkauffen/
Ob Rom gleich gantz bestürtzt derselben zugelauffen.

VII.
Grab Plinius des Aeltern/
des Unvergleichl. Natur-kündigers.

ALs ich war gantz entzündt und angeflammt zu wissen/
Wi der Vesuvius kan Berg und Glut aufschlüssen:
Zerschnit di Atropos Mir meines Lebens draht:
Di Welt verehrt Mich noch/als der Natur ihr Ruht.

8. Grab

VIII.
Grab Ludewigs / Fürstens zu Anhalt /
des Uhrhebers der Fruchtbringenden Gesellschaft.

Der Orden / welcher sonst von Früchten fruchtbar
 heißt /
Beehret alle Welt / was ich der Welt gewesen /
Mein wol-gebakknes Brod / daß ich mir selbst erlesen /
Ernähret täglich mehr / jemehr es täglich speisst.

IX.
Grab Wilhems / Hertzogens zu Sachsen /
der fruchtbringenden Gesellschaft zweiten Oberh.

Hir ligt ein grosser Printz vom Sächsischen Geblüt:
Di Welt betrauert Ihn ob wol-erkandter Gütt /
Der recht schmakkhaftig hiß dem Grossen Palmen-Orden
Schmekkt hir und dort den Ruhm / als er verengelt worden.

X.
Grab Plinius des Jüngern /
des Lob-würdigen Trajans lobwürdigsten Herrolds.

Mein Fleiß der war zu groß / daß ich dadurch verlachte
 Vesevẽ / ob er gleich mit grausem Donner krachte.
Ein Buch hiß meine Lust / vil lesen meine Ruh:
So ward ich Welt-berühmt. Mein Wandrer / folge du.

XI.
Grab M Tullius Zizerons /
des Printzens Römisch. Beredsamkeit.

Mein Gold-mund hat sehr offt der Städte Stadt be-
 weget /
Mein Gold Mund hat Mich auch an disen Ort geleget.
Des Romes Zunge blitzt / ob Fulve si durchsticht:
Der Zeiten Zeit macht mich zu aller Weiß-
 heit Licht.

XII. Grab

XII.
Grab Willhelms Schikkards/
des Ebreischen Sprach-Meisters.

JCh war der grosse Mann/den dises Rund beehrte:
Weil ich die heilge Sprach in zweien Tagen lehrte:
Hir hab ich der Natur bezahlet ihre Schuld;
Di Nachwelt bleibet mir ob meinem Uhrwerk Huld.

XIII.
Grab Cornelius Drebbels/
des Brittannischen Archimeds.

DEr sich unsichtbar offt durch hohe Kunst gemacht/
Hat sichtbar hir der Tod zu seiner Ruh gebracht:
Er riff wo ich dich ließ noch ferner sein auf Erden /
So machstdu/ daß ich selbst unsichtbar müste werden.

XIV.
Grab Crispus Sallustius./
des Römisch. Thucydides.

HIr ligt Sallustius/ der Clio Hertz/ versencket/
Den die Pierides mit Zimmet-safft geträncket:
Mein Leser/wo du nicht erkennst di ädle Bein /
Werd dir di Römische Welt ein rares Wildpret sein.

XV.
Grab C. Aurelius Symmachus/
des Weit-berühmten Römsch.Redners.

MEin güldner Mund besaß di schönsten Redens-arten:
Zu denen sich Vernunft mit hoher Weißheit paarten
Ich ruffte Götter an : verlachte einen GOtt:
Was ich darvon gebracht/erlernstu nach dem Tod/

B   XVI. Grab

Hundert Spil-ersinnliche

XVI.

rab des Grossen Alexandern/
Unüberwindlichen Welt-Monarchens.

den Jupiter der Erden hat benennet/
i den Grossen Gott di Trunkenheit getretten.
ar Ihm zwerg/ihr aress s Hauß zu klein:
Brufft zu groß vil Alexand.ern sein.

XVII.

Grab Ikarus/
des Unverständig- Hochmüttigens.

ich gar zu hoch durchlufft u Welt geschwüge/
das Silber schloß des Himels durchgedrüge/
ir Delius der Flügel weiche Pracht:
at mein Grab in ihre Schoß gemacht.

XIIX.

Grab P. Virgilius/
des Grossen Roms Homerus.

ntuansche Schwan und Plato der Poeten/
ns irdischer Gott, dem Pallas muß erröthen/
ibe Virgil ruht unter disen Stein:
n Hoheit schleust di gantze Welt nicht ein.

XIX.

roldus Theophrastus Paracelsus/
des Teutschen Hermes.

en hat beseelt/Metall in Gold verklährt/
Planeten Krafft in Sigeln dargewehrt/
lob und Prach: wo du möchst ferner leben/
noch auff mich die Menschen wenig geben.

Grab XX.

XX.
Grab Sanctius Abarcas /
des zweiten Gorgiens Epiroten.

Jch ſtarb/eh' ich gezeugt/ein Grab hat mich gebohren/
Als in der Mutter Uns der grimme Tod umſchloß:
Ein Wunder machte mich aus der Erblaſten loß:
So ward ich zu dem Reich aus meinem Grab' erkohren.

XXI.
Grab Oreſtes/
des ſchändlichen Mutter-mörders.

Wer diſes Grabmal ſchaut/ſol ſeufzen/weine/klagen/
Daß den verdamten Leib der Ceres Schoß umfaſſt/
Durch deſſen eigne Fauſt di Mutter ligt erblaſt/
Der ſchon Jrions Rad in Plutons ſchlund muß tragen

XXII.
Grab Miltiades/
des ſtattlichen Grichiſchen Krigs-Obriſten.

DEr Held Miltiades / ſo Hellas Heil erworben/
Und in des Kerkers Grufft zu Hellas ſpät verdorben
Ward hir ſo ſchlecht verſcharrt durch ſeiner Bürger Neid:
Di Ketten bunden Jhn/daß er ſein Volk befreit.

XXIII.
Grab Themiſtocles/
des verſchlagenen und verſchmähten Feldherrns.

DEr Xerxes wolte mir mein Vaterland bekrigen/
Ich ſaß dem Glük' im Schoß und lehrte ſtetes ſigen:
Verſtoſſung war mein Dank / der Perſer meine Zir:
Aus Libe Grichenlands lig' ich begraben hir.

B ij   XXIV. Grab

XXIV.
Grab Aristides/
des Gerechtesten oder vilmehr der Gerechtikeit selber.

Ich muste ob dem Recht hinweg aus Grichenland/
Doch ward mir ob dem Recht mein alter Ehren-stand.
Manch Kodrus libte mich/dem ich mein Gutt geschenket
Drů ligt mein Körper hir durch Frembdes Geld versenket.

XXV.
Grab Pausanias/
des stolz-mütig-grausamen Tyranns.

Das Glück hat mich verderbt, hoch-trabend war mein
Sinnen:
Ich hab' aus Ubermutt mich selbst ni zähmen können/
Drum brachte mir mein Sig nur Felsen-schwere Noth/
Ja Chalciocus einst ob Meineid Grab und Todt.

XXVI.
Grab Epaminondas/
des Beispils Tapfferster Helden.

Der Tugend Konterfei/di Zirath aller Grichen/
Das Bild der Mäsikeit und der Minerven Kron/
Epaminond ligt hir/mit deme Theben Thron/
In vollem Purpur stund und widerum verblichen.

XXVII.
Grab Cleobs und Bitho/
der Kindlichen Treu denckwürdigen Vorbilds.

Zwei Brüder schlaffen hir/di grossen Lohn verspüret
Weil ihre Mutter si zum Heiligthum geführet:
Mein Wandrer/fragstou auch/was lohnte solcher Fleis
Es war ein schneller Tod Belohnung/Ruhm und Preis

XXIIX.
Grab Claudiens Salmasius/
des Printzens der Gelehrten und Sonnen Weiser Leute.

Als Phöbus schin hiher/ sprang er vom Sonnen-thron/
Er rif diß Grab beschleust mir meinen klügsten Sohn:
Hir ruht Salmasius/ di Sonne diser Erden/
Salmasius wird wol nicht leicht gefunden werden.

XXIX.
Grab Euripides/
des Allerweissesten seiner Zeit.

Der Trauer-spile Lob schwingt an di Sterne sich/
Schaut/ wi mit schnellerm Blitz di Mißgunst drang auff dich/
Von des Promerus Hauß/ di mich hiher gebracht/
Als ich zerrissen ward von Hunden bey der Nacht.

XXX.
Grab George Philip Harßdörffers/
des Hoch-teutschén Tullius.

Der sich den Spilend hiß/ und alles that im Spil/
Hilt' auch den Tod vor schertz/ u. gab auf ihn nit vil/
Er rief: du spilst mit uns; diß nehmen ist ein geben,
So bald dein Aufzug weg/ beeröfnt uns wahres Leben.

XXXI.
Grab D. Benedict Carpzovs/
des zweiten Triboniaus.

Hir legte sich das Recht mit ihrem Sohn ins Grab/
Si nam di Waage mit/ und ihren Richter Stab:
Und sprach: Wann Carpzov wird vor Gottes Richtstuhl kommen/
Wird er mit disen Schmuk vor mich sein aufgenommen

XXXII.
Grab Richardus/
des Christen-Nestors.

Als diser hundert Jahr volstandig überlebt/
Bezieret Jhn erst di Zahl/ so Nestorn noch erhebt:
Wo ein Jahr hundert heißt mit recht des Menschen lebē/
So solte dise Grufft vir leichen von sich geben.

XXXIII.
Grab Menecrates/
eines auffgeblasenen Artzts.

HIr ligt Menecrates/ der Grosse Tohr/ begraben/ (ben
Bei dem d'Nachruhm muß sein b'leiches Grabmal ha-
Als er im Leben war/ wolt' er vergöttert sein/
Der Tod entgöttert' Jhn/ und schrib ihn Leehen ein.

XXXIV.
Grab Scipions des Africaners/
des Römischen Alexanders.

ES ward durch meine Faust di halbe Welt besigt/
Carthagens schmuk verbrand/ der Hannibal erleget:
Doch welkte straks di Palm/ wi Neid und Zeit sich reget/
O merkt/ wi Menschen-thun dem eiteln unterligt!

XXXV.
Grab eines Hirten.

DEr Abendstern ging auf mit starken Winters-rasen/
Daß ich ein Feuer must' an einem Baum auffblasen:
Jch schlieff und in dem Schlaf ward ich und er entbrand/
Daß beider Asch, man am lichten Morgen fand.

XXXVI.

Grabe-schrifften.

XXXVI.
Grab Kaiser Heinrichs des VII.
des zweiten Flav Claudius.

Ich muß im Abendmahl (O Spott d' Welt) ersterben
Der Himmel muß sich noch ob meinem Tod entfärben
Durch dessen Hand ward mir des Zepters Gold erbleicht
Der Lebens-ambrosin vergifftet dargereicht.

XXXVI.
Grab Johann Barclayens/
des sinnreichen Welt-klugers.

Den di Welt klugen heut/als einen Abgott/halten,
Und wegen ein Gericht vorzihen allen Alten/
Ligt hir mit disem Lob das Klugheit ihm gesetzt:
Man zweiffelt/ ob ich mehr genutzet als ergetzt.

XXXIIX.
Grab Aristoteles/
des Alexanders der Weltweisen.

Hir ruht/der den gelehrt/de Pol und Welt bekrigt/
Und mich doch disem Grab/weil diser weiter sigt:
Der Schüller räumte weg/di Ihm nit wolten weichen/
Der Lehrer aber di/ so Ihm zu groß/ ingleichen.

XXXIX.
Grab zweier Geschwister/
Welche in Ehe-bruch ergriffen worden!

Weil du vorüber gehst betrachte disen Ort:
Erwege thrän nd auch di kurz geschribnen Wort:
Ein paar Geschwister sind in diser Grufft begraben/
Ach fras unns Ende nicht/daß si di Ruh' einst haben.

XL. Grab

XL.
Grab eben derselbigen.

Der Mars zu seiner Zeit/di Venus auf der Welt/
Und zwar aus einem Leib/erfüllt diß Todten-feld.
Der Schwester Liebe hat den Bruder höchst-gestellt/
Als si nach dem Vulkan zu jenen sich gesellt.

XLI.
Grab eines unglükseligen Sohnes.

O Wunder-fall! als ich mich unterstand zu rächen
Des libsten Vaters Tod/muß mir di Seel aufbrechen:
Di Frömikeit galt nichts. Der Zunge scharffes Schwerdt
Hat uns/ wie eine Flamm erbärmlich auffgezehrt.

XLII.
Grab der Lydien/
einer Unglükseligen verlibten.

Hir ruhet Lydie/ von Floridan gelibet/
Di des Lagardens List biß auff den Tod betrübet:
Durch die Verrätherei ward si zur Magd gemacht/
Diß Buben-stükk hat si in Tod und Grufft gebracht.

XLIII.
Grab der Fleurien/
eines Rach-girigen Frauen-Zimmers.

Ich bin di Fleurie; Gifft hat mir Ruh gegeben/
Als ich den Florisand erschrekklich bracht ums Leben/
Des libsten Hals hab ich noch in dem Grab umfaßt:
Wi freudig lig' ich hir; weil ich in Rach' erblaßt.

XLIV

Grabe-schrifften.

XLIV.
Grab Goffredi,
des Fürsten der Schwartz-Künstler.

MEin Mund sprach vil von Gott/das Hertze von dem
　　　　　　　Teuffel/
Di Kantzel blendte fest/daß keiner hatte Zweiffel.
Ein holtzstes war mein Sarg/di freie Lufft mein Grab
Ich stig wie Lucifer/und fil/wie er/herab.

LV.
Grab Card. Didacus Spinosens,
eines Unglüklich-Glükseligens.

JCh konte über Carl des Lebens Urtheil sprechen/
Philipp der Zweite hat mich hoch und groß geschätzt
O grosse Gunst/du hast als Ungunst mehr verletzt/
Wi sich an meinen Leib/ein Messer musse rächen!

XLVI.
Grab eines Juden.

DAs Ungeheur/ein Jud' ist Judas-gleich begraben/
Dem Teuffel kam der Geist/der Leib den schwartze
　　　　　　　Raben.
Als er den Strik ergrif/gefil Jhn diß allein/
Daß unser Christen auch nicht wenig Juden sein.

XLVII.
Grab Androdus,
des Röm. Helpis!

JCh suchte meinen Tod im düsterm Wald-reffre/
So schenkt das Leben mir der König aller Thire:
Als nun di Fessel Jhn und mich der Tod umschloß/
Lebt' ich durch Jhn/Er mich erwünsch der Fessel floß.

XLII.

XLVIII.
Grab eines Hoffärtigen.

Ein stolzer Mensch/ ein sinn den Pfauen zu vergleichē/
Hat durch des Todes Macht hir müssen auch erbleichē:
Bethörtes Welt-Kind! Schau wol di Gebeine an/
Und lerne/ daß dem Tod sei alles unterthan.

XLIX.
Grab eines Vogelstellers.

Ich sucht in Wäldern Lust vom Morgen in di Nacht/
Biß mich di Müdigkeit nach Hause widerbracht:
Als ich das Feder Volk nicht sonder List gefället/
Fil ich in Netz und Garn/ di mir der Tod gestellet.

L.
Grab Cornelius Nepos /
des Römischen Unvergleichlichen Lysiens.

Hir ruht der Römer Mund/ des Titus Freud u. Wone
Der Helden Ruhm-Trompet/ des grossen Redners Sonne:
Es wird sein Nahmens licht durch hoher Feder Zir
So lange Titans Hauß/ beflammet sein für und für.

LI.
Grab Justus Lipsius /
des Niderländischen Tacitus.

Ich war ein Socrates bei meinen Lebens Zeiten;
Des Nahmens Lob muß sich in diser Welt ausbreiten:
Ein Theil ist tod; ein Theil zeige sich den Prinzen hi/
Ein Theil im ruff; ein Theil in Güldnen Schrifften dir.

LII. Grab

LII.
Grab Jul. Cäſ. Scaligers /
des zweiten Maſſiniſſens.

JHr muſte Scaliger/der Götter-Held verblühen /
Er war ein Wunderwerk/das Gott der Welt gelihē/
Der Chriſten Xenophon/di Krone ſeiner Zeit
Der Wiſſenſchafften Prinz/ das Bild der Ewikeit.

LIII.
Grab Joſeph Scaligers /
des Groſſen Vaters würdigen Sohnes.

DAs Frankreich ehrte mich/nachdem es mich verlohrē/
Ich enderr Jahr und Zeit/di ich aufs neu gebohren/
Di Muſen ſchar zog mit / wo ich hin wolte gehn:
Durch mich kan Leiden ſein noch mehr als dort Athen.

LIV.
Grab Marc. Anton Muretus/
des Welt-berühmten Redners.

ES wird Muretens Leib bei diſem Stein gefunden/
Mit dem Beredſamkeit iſt komen und verſchwunden/
Was Tullien erhub / dis war ſein Eigenthum:
Das Grab beſchleuſt den Leib/di Welt den Ehren-ruhm.

LV.
Grab Caſpars von Barth/
des Teutſchen Scaligers.

DEr Himmel-groſſe Barth/das Lob der Libe-thrinen/
Ein Gott der klugen Welt/ di Luſt gelahrter ſinnen/
Des Teutſchlands Scaliger/der Weißheit Ebenbild /
Hat mit dem Leib dis Grab/dem Wiz den Kreiß gefüllt

LVI.
Grab August Buchners /
des Wittenbergischen Thales.

Als Buchners Gold-mund wich / ist Wißheit mit ent-
  wichen /
Der Musen Zir fil hin/ di Verß-kunst stund erblichen/
Das Dreßden klagt den Sohn / vor welchen Phebus klein/
Di Welt bethränte Ihn/ nicht Wittenberg allein.

LVII.
Grab Daniel Heinsius /
des Niderländischen Orpheus.

Hir ruht der grosse Heintz/ den Tugend aus muß brettē
  Der Ewikeiten Sohn / ein Phenix seiner Zeiten:
Des Orpheus Laute sprang vor disem Gr eschen Schwan:
Sein Witz verbleibt bei uns / der Geist flog Himmel-an.

LIIX.
Grab Gustavs des Grossen/
des Schwedischen Alexanders.

Hir ward Gustav versenkt/ der Trost der Norden Welt/
  Ein Trost des Zirkels selbst/ der alles in sich hält:
Lasse di Pyramien/ mit den Colosser brechen:
Es wird Gustavens Lob der Zeiten Sturm nicht schwächē.

LIX.
Grab Philipsen Sidneiens /
des Britannischen Achilles.

Bellona kan diß Grab nicht sonder Trähnen schauen/
  Diweil ihr grosser Sohn ins selbe ward gelegt:
Und Pallas klagt den Mund/ der noch erblasst bewegt/
Drum hat si seinen Ruhm ins Sonnen-rad gehauen.

LX.

LX.
Grab Stanislaus Aichhausers
des Breßlauischen Lob-würdigen Aristides.

Des Breßlaus Atlas ist von seinen Siz entwichen,
In dessen Tullius und Piso scheint erblichen/
Aichhäuser/ der di Stad mit Gaben hochgezirt/
Der hir und dort mit Ruhm/als Siger triumfirt.

LXI.
Grab George Fridrichs von Artzat
und Groß-Schottkau/
des Breßlauischen Atticus.

Des Rathes Sonn und Kron/ein Nestor unser Zeite
Ja Agamemnon auch/den Ruhm und Lob begleiten
Herr Friderich von Artz ruht unter disem Stein:
Sein hoher Geist schleusst sich dem Sonnen-zirkel ein.

LXII.
Grab D. Ananias Webers/
des Schlesischen Polycarpus.

Des Breßlaus starker Schuz/ der Prister Freudet
Sonne/
Di Lust der Frömikeit/ der Außerwehlten Wonne/
Der Anker/daran sich di Weißheit hat gelehnt/
Versank zwar hir ins Grab/ doch bleibt er fest bekrönt.

LXIII.
Grab Heinrich Klosens/
des Breßlauischen Trocendorffs.

Mein Haupt schmükt Diamant/ die Seele aber Got
Ich kam aus Leid in Freud durch einen sanfften To
Vil tausend hat mein Fleiß auff diser Welt gelehrt/
Drum bleibt mein Nahme noch auff diser Welt beehrt

LXIV.
Grab Raymund Lullus/
des neuen Protagoras.

Der Gold aus Ertz gemacht/ u. durch verborgne Krafft/
In einer Schrifft verstekt der Menschē Wissenschaft/
Liß hir/was irdisch war mit wenig sand beschlüssen/
Was Lullus hat gewust/ lehrt Lullus Kunst zu wissen.

LXV.
Grab Valentin Kleinwächters/
des Breßlauischen Qvintilians.

ES zog der Valentin/di Lust der Pierinnen/
Mit seinem schönen Geist/ und reich-beseelten Sihen
Zum wahren Vaterland/dem Himmels-Schloß empor:
Hir weinet noch um Ihn der Musen gantzes Cohr.

LXVI.
Grab eines Lob-würdigen Jünglings.

EIn Jüngling/den bu kanst den zweiten Tusco nennen/
Der in der ersten Glutt den Sternen eilte zu/
Der alle Wissenschafft vollkommen konte erkennen/
Kam aus Minervens Neid in dise Grufft zur Ruh.

LXVII.
Grab Jonas/
des Grossen Propheten.

Ich floh den nimäd fleucht/als mich ein Fisch umschloß/
Mein Grab das Lebre selbst/mein Meer war Meeres
loß/
Des Cydnus Schneeflut hat die Flammen ni gefühlet/
So Amithaons Sohn drei Tag und Nacht gefühlet.

LXIIX.

LXVIII.
Grab Josefs /
des Keuschē=Spigels.
Rondeau.

Hir ruht der Keuscheit Licht. Er ward beglükt gesätzet
Auf einem güldnen Thron und hiß di Zuversicht
Der Brüder / nach dem si zum höchsten Ihn verletzet.
Gott ist der Tugend Lohn. Hir ruht der Keuschheit Licht.

LXIX.
Grab eines Feld herrns.

Ich war zum Waffen Glantz auf dise Welt gebohren /
Und in der Wige hat der Mars mich auserkohren:
Mir gleichte nicht ein Heer. Den keiner konte tödten
Er schlug einst in der Schlacht ein Hagel von Falkneten.

LXX.
Grab eines Furchtsamen Soldatens.

Ich war von Worten heiß und frostig im Geblütte /
Der Mund g'lich Löwen sich / den Hasen das Gemütte.
Wann ich nur Feinde sah / erstarb des Hertzens-Krafft:
Doch ward ich jämmerlich durch Krankheit hingeraffe.

LXXI.
Grab eines schlaffend=zerrissenen Mohrens.

Ein schwartzer Mensch / ein Mohr / dem Pech nicht
  zu vergleichen
Dem träumte / wi Ihn hätt ein Tiger umgebracht;
Als er sich tif verstekt bei angebrochner Nacht /
So muß er auch im Schlaff / wi Ihm geträumt / er-
  bleichen.

LXXII.
Grab eines Akermanns.

DJe Erbe ward mein Schatz/ und mehrt di Freuden-
    Flammen/
Wann ich di Früchte sah in Blüte stehn beisammen:
Si brachte mir das Brod/ und Fleisch auch bald darne-
    ben:
Nun muß ich selbst mein Fleisch zur Kost den Würmern
    geben.

LXXIII.
Grab En-Scipio/
des grossen Africaners ungerathenen Sohns.

JCh bin vom hohen Stamm in dises Leben kommen
Doch hat denselben mir der Laster-Gifft benommen:
Vom Vater konte ich sehr reich-gebürtig sein:
Ich war ein Risen-kind/ und ward doch Zwerge-klein.

LXXIV.
Grab eines Unteutschen Teutschen.

DAs Teutschland zeugte mich/ doch Unteutsch war mein
    Leben/
Hispanisch/ Englisch/ Welsch pflegt' alles ich zu geben.
Französch/ Italiänsch war meiner Kleider Tracht:
Welch frembdes Kleid hat mir der Teutsche Tod gemacht.

LXXV.
Grab eines Buhlers.

DEs Amors Candidat/ dem Venus eingeblasen
Der falschen Libe Pflicht/ und bitter-süsses rasen:
Ward von der Libsten gleich mit Lippen-Wein getränkt/
Als ihm der Tod den Trank gantz plötzlich eingeschenkt.

LXXVI.

LXXVI.
Grab eines Unglück lich-glückseeligens.

WEr seine Hoffnung setzt auß Glückes silber-spitzen
Der muß vernübet sein/nur gleich/von ihren pfitze
Ein Crös-und Crœsus wär/in schätzen mir gewichen/
Doch bin/wie Irus ich/zu letzt noch hir erblichen.

LXXVII
Grab eines Alchimistens.

MEin Gold hab ich verkocht und bin in Armuet komen/
Als mir des Ofens Glutt mein Gutt/und Muth ge-
nommen:
Es kam um einen Stein mein Geld in freie Lufft/
Der Geist floh solchen nach/der Leib blib diser Grufft.

LXXVIII.
Grab eines Seel Blindens.

ICh kont auf Erden nicht des Titans Hauß erblicken.
Noch zu der Nächte most di Augen-licker schiffen/
Als nun der Seelen gast von denen abgescheidt/
So seh ich Gottes Thron in alle Ewikeit.

LXXIX.
Grab Johann Passeratius/
des Grossen Wunder-blinden.

MEin hoher Geist hat sich ans sternen-dach geschwüngt/
Und ist ans Sonnen-zelt dem Adler gleich gedrungen/
Ich glänzte im Gemütt und an den Augen nicht /
Doch sah ich Pheben wol auch sonder Phebens Licht.

C   LXXX.

LXXX.
Grab Jacob Cujacius /
des Papinianus seines Jahr-hunderts.

Ich bin so hoch im Recht zu meiner Zeit gekommen
Daß Mir Astrea wich / und ihren Sitz bestimmet
Si schenkte mir di Kron / di nur dem ädlen Haupt /
Das Antonin gefällt / zu tragen war erlaubt.

LXXXI.
Grab P. ndarus /
des Majestätischen Poetens.

Minerva trug den Helm / Apollo Pfritsch und Pf
Neptunden dreizankstab / der Jupiter den Keil
Mir kam von Alterthum ein flammendes erhitzen
Der Donner-worte knall und Majestätisch blitzen.

LXXXII.
Grab George Gelnitzens /

Als sich mein gantzer Sinn aufs höchste wolte müh
In Pindus liebsten Ort / nach Heidelberg zu zihe
Empfing mich auff dem Weg / ein unverhoffter Todt
Der Himmel ward di Schul ; mein Lehrer aber GOtt

LXXXIII.
Grab Luc. Agarinus.

Des Himmels Jaspis stand durchstückt mit St
und Gold /
Der Silber-monde grämen / di Nacht war mir nicht hol
Ich brachte Nero Pest von seiner Mutter leben /
So must ich meines stats dem Bluthund davor geb

LXXXI

Grabe-schrifften.

LXXXIV.
Grab Sejanus /
des Unglükseeligen Hoffmanns.

DJ hoch-geneigte Gunst/mit der ich ward bestrahlet/
Der helle Kaiser-glantz/der meinen Hoff bemahlet/
Versenkte mich mit spot. Mein Glük hat sich gewand:
Dem Rom zu enge war/ligt in den Tiber-strand.

LXXXV.
Grab Nero/
des Römischen Psalaris.

Mein Hoff lag leichen-vol/an Martern trug ich Lust
Man saget noch von mir im Sud/West/Nord u Ost
Weil Mord mein Handwerk war / so hab ichs nit gebro
Ich fil/wi ich gelebt/als ich mich selbst erstochen. (chen

LXXXVI.
Grab Agrippinens/
des Ausbunds ehrsüchtiger Weiber.

DJß Weib hat Ehrsucht hoch vor tausenden gelibet/
Si stützte einen Thron/den si hernach berübet/
Blutt-schande/Ehrgeitz/Stoltz hat ihr vil leid gemacht/
Drum ward durch eigne Brut si in dz Grab gebracht/

LXXXVII.
Grab Platons/
des Homerus der Welt-weisen.

JCh bin durch di Vernunfft zu solcher Hoheit kömen
Daß ich den Musen-thron de Weisen pring genomē
Di Lippe spritzte Gold und floß von Zimmet reich/ gleich
Mein Schüller kam zwar hoch / doch scheint er mir nicht

C ij   LXXXVI

LXXXVIII.
Grab Aviolus/
des Römschen Esopus.

Jr müssen noch erstaunt von meinem Tode lesen /
Weil er ein Wunder ist in diesen Kreiß gewesen:
Ich starb und l bte doch / als Rom mich tod geacht /
Wi mich di Flamm erwekt / so lag ich umgebracht.

LXXXIX.
Grab Epicharis/
des Großmuttigen Frauenzimmers.

Hir ligt Epicharis / di Nero hat getödtet;
Vor derer Helden-mutt noch Rom und Welt erröhtet.
Di Folter war ihr Port/ der Tod ihr Ehren-thron/
Wi si darauff geherscht/ weiß alle Welt davon.

XC.
Grab Caj Cornel. Tacitus/
des Fürstlichen Lehrmeisters aller Prinzen.

Hir ligt der kluge Mann/ den alle Prinzen ehren /
Den der Atlanten schar / als ihre Bibel/ hören/
Der grosse Tacitus: um den zu einer Zeit
Di Klugheit und Natur gehalten einen Streit.

XCI.
Grab Ambrosius/
des Grossen Mediolanensischen Lehrers.

DJ Feld einwohnerin hat meinen Geist getränket
Mit ihren Honig-saft, den Mund selbst Gott beschenket/
Den Kil di keusche Taub / di höchste Heiligkeit :
Jz lebet meine Seel in Lust, ohn alles Leid.

XCII.

Grab D. Zachar. Hermanns/
des Breßlauischen Chrysostomus

Er grosse Lehrer liat in diser Grufft versenket/
Den Gott mit Weißheit hat vor hunderten beschenkt
Budorgis schmekte noch des Hermanns Goldnes naß
Als dise ádle Stadt den grossen Sohn besaß.

XCIII.
Grab Christoff Köllers.
des Breßlauischen Pindarus.

Jr ward der Pindarus des Bober-strems begraben
Bei dem di Verskunst wolt ihr eines Grabmal haben
Es nannte Pallas ihn den erst-gebohrnen Sohn/
Der Nachruhm ist sein Preiß/ di Ewikeit der Lohn.

XCIV.
Grab Nicolaus Henels/
des Schlesischen Tacitus.

Pausanias bschreibt das kluge Griechenland
Und Tacitus erhebt der Weisen Römer stand:
Durch Schrifften kam ich auch in grosser Leute Orden:
Ich bin den Schlesiern/ was dort die beide/ worden.

XCV.
Grab Friderichs Taubmanns/
des Schlesischen Apollo.

Als Taubmans sternen-geist sich diser Welt entrissen/
Beweinte Pallas Jhn/ und ließ bir Zehren flissen:
Si stand auff diser Grufft/ ihr Mund der sagte klar
Des Taubmanns hohen Geist setzt nicht ein ides Jahr.

C iij   XCVI.

XCVI. Grab Martin Zeilers/
des Teutschen weitberümten Varro.

ERasmus wird annoch von allen hochgepriesen/
Daß er di gantze Welt mit Schrifften unterwisen:
Sein Fleiß hat gleichfals vil des Teutens land gelehrt:
Das Glider hauß ruht hir: der Geist bleibt stets begehrt.

XCVII. Grab eines Verdammten.

JUbel muste ich von disen Rund abscheiden/ (den
Der Leib blib diser Welt/ mein Geist o Qual u. Lei=
ch lebt in kurtzer Lust: nun quält mich stete Noth/
Ein ewigs sterben lebt Ist dann mein Todt ein Todt?

XCVIII. Grab eines Seeligen.

SJ seelig muste ich von disem Rund abscheiden/
Der Leib blib diser Welt: Mein Geist/ der wonn
und Freuden:
Mein Leben war nur Qual, nun leb' ich stets bei GOtt/
O Lust/ itz Jammers frei. Ist dann mein Todt in Todt?

XCIX. Grab Zoilus.

JErachtē andrer Werk war stets mein Thun u. Wesen
Deßwegen hab' ich vil der Schrifften durchgelesen.
Ich schmähte den Homer/ und mich di Hungers Noth/
Lust, Jammer, Hertzenleid/ ia selbst ein grauser Tod.

C. Grab Momus.

JR ligt Momus tod/ der Tadler aller Sachen/
Doch konte er vor sich nichts bessers imals machen:
So nun dir Leser/ auch kein einzig Grab behagt/
So merke/ was allhir von Momus ward ge=
sagt.

Qui

Qvirin Kuhlmanns Spilersinliche Zugabe Achtzehen Schertz-gräber.

an seinen
Treu-gesinnten
Gottfr. Lehmann.

I.
Grab einer Binen.

Jholde Bu e fo z ein ☙ is der Violen,
Der Götter Nee ge ſam als ihr ein Pfirſken-
aſt,
Den eine Schneck erſchellt / den zarten Geiſt
geſtohlen:
Mein Leſer / iſt ſi nicht, wi Aeſchilus erblaſſt?

II.
Grab eines Pfauens.

DEr Federn bunter Glantz iſt mir ſo ſchön entſproſſen,
Als Atlantiades dem A gus zu geſch'oſſ n.
D r hundert Augen Thor. Ich trug in Junons Schloß
Der Römer Seelen hin / und bin ſelbſt Wolken-loß.

III.
Grab Saphyrus,
des Juſt. Lipſius Hündchers.

JCh muß in Florens Reich n. t. Blumen mich begatten
Di Nelke iſt mein Bett, di Lilge giber Schatten.
Nicht ſchätz' der groſſ Lips weit ädler als Saphir;
ich ſelbſt di Grabe ſchrifft, di er geſätzet mir.

IV.
Grab Julius Cäſars Pferds.

DEn Paſar ruhm der P es Buzephaien di Grichen,
Ich gehe ber en vor di Welt iſt mir gewichen;
Ich trad von Marſpiter dem Cäiar zu geſand:
Den Marmel hat mir Rom und Venus zu erkand.

V.

Grab-schrifften.

V.
Grab eines Schwanes.

Ein weiß-gebildter Schwan/ der Jhm zu Grabe sang/
Bezirend seinen Tod mit anmutt-reichen Klang/
War von der Nimfen schaar auff Zipris Siges wagen/
Zu diser Lorber-frucht mit trauren hergetragen.

VI.
Grab des Pfauens/
von dem zu erst sich Hortensius gespeiset.

Des Feder-Volkes Ruhm/ der Juno libstes Thir/
Der Farben Wunder-bild/ ein holder Pfau ligt hir.
Der erste war Hortens/ den Pfauen-fleisch gespeiset/
Traun Alexanders Tisch hat ni di Tracht geweiset.

VII.
Grab eines Elephanten.

Hir ligt ein solches Thir/ dem keines zu vergleichen/
Dem offt der Mensch an Recht und Frömikeit muß
weichen;
Es schin verlibt/ betrübt/ erfüllt fast mit Verstand:
Wi man es loben sol/ ist Weisen unbekand.

VIII.
Grab eines Fl.

Mein Kleid war schwartzer Sammt/ den Hals bezirt-
te Gold/
Ich sprang gantz ritterlich/ wo hin ich nur gewolt.
Mein Trank war Rosen-blut/ und schlif in weissen Silgen
Dir sei mein Bett vermacht/ wil es di Frau verwilgen.

IX.
Grab einer Ameisen.

Die Erle thränte Gold von ihren Zweigen ab/
Als eine Ameiß sich an disen hoch ergezet/
In dem hat si das Hartz rings um und um benetzet:
Di Grufft/Cleopatra/ist schöner denn dein Grab.

X.
Grab einer Spinnen.

Ich lauscht' in meiner Burg u fil gantz schnell heraus
So bald mein Schlaf-gemach durch sanfften Tritt er-
schüttert/
Ich trug das Fligen-Wild mit höchster Lust nach Hauß/
Biß einst des Feindes Grimm auch über mich gewittert.

XI.
Grab eines Johanns-würmchens.

Ich ließ nicht ohne Hold mein Gold bei Nacht erblikken
Ein theurer Marmel-stein der muste mich erdrükken.
Nachdem des Feuers-glutt/was unrein/auffgezehrt/
So hat mir hohe Kunst ein † Gläsern Grab gewehrt.

XII.
Grab eines Frosches.

Der sich den Arion des Wasser-volks genennt
Wann von dem grossen Maul Koachs/Koachs ge-
rennt
Saß im schmaragden-Klee/als ihn der Feind erschlagen:
Wer sein Koachsen wünscht/darf hir nit Fakkeln tragē.

XIII.

† Besihe G. P. Harßdörffern in XI. Theil der Ma-
thematisch u Philosoph. Erquikkung di XXIX Auff-
gabe / von dem leuchtenden Johannes-würmchen-
Wasser.

XIII.

Grab eines Zwergens.

Er sich gantz ritterlich den Kranchen widersätzt/
Ward auch durch einen Kranch biß auf den Tod
verletzt:
Er rifft: Ich falle hin/ wi alle Risen-Helden (melden.
Es wird Sud/ Ost/ Nord/ West von meinen Thaten

XIV.

Grab einer L.

EIn Weisser Ritters nam betrat ein Goldnes Land/
Und muste lassen dort sein allzuzartes Leben.
  Er war vom Leibe klein/ und groß von dem Verstand/
Daß Ihn muß Tydeus lob aus dem Homer erheben/
  So bald ein Sulla scheint in Grausamkeit entbrand/
Verübt er rechtes Richt/ und kont' Ihm widerstreben.
  Selbst Plato fil durch Ihn/ wi sattsam ist bekandt/
Ein Berg-Schloß war sein Hauß/ das kringlich Gold
umgeben.
Von dises Helden Lob hat künstlich Heins geschriben/
Der Römer schätzt Ihn hoch/ der Ungar muß Ihn li-
ben/
  Der kluge Araber vermeldet seinen Ruhm.
Manch Indianer sol als einen GOtt Ihn ehren/
Ein andrer lässt Ihn nicht/ wann er nur kan/ versehren
  Denselben hat er sich vermacht zum Eigenthum.

XV.

XV.
Grab einer Fl.

Hir ligt/mein Wanderer/ ein sorgen-freies Thir/
Das di Arachne hat mit ihren Garn umwället/
Daß in dem ädlen Moß ward ohne Spiß gefället/
Als es einst schmekken wil den süssen Malvasir.
Di Künhit war so groß / daß es stets für und für
Zu Harnisch/Degen/ Stahl und Büchsen sich gesellet /
Ja Welt-monarchen Thron zum Schlaff-gemach bestellet
Und auff Tapeten nur erkohren sein Panir.
Es aß den Ambrosin aus Silber und Rubalen/
Es trank den Alicant aus theuren Gold-Pocahlen
Biß es so unterging / vergönner Ihm di Ruh.
Weicht Zorenaizer! Weich' Achor dessen gleichen!
Weich O Arachne/weg! Domitian muß weichen!
Und trit du Wanderer/nicht allzuhart hinzu.

XVI.
Grab der Keuschheit.

Geh Wandrer/nicht vorbei für diser Wunder-leich:
Hir ruht/di auff der Welt ganz Göttlich hat geschwebet/
Und mehr als Engel-rein den Engeln nachgestrebet/
Vor der di Sonn' ist schwarz/der Nil von Flekken bleich.
Als si der Mensch gelibt / war auch der Mensch ihr Reich/

So

Grabe-schrifften.

So bald er voller Brunst recht bestialisch gelebet
Der Palmen Art gelibt / des Demants Glutt er-
    hebet /
Und biß an Unzucht groß / verliß si Ihn auch gleich.
Beschau diß Mausolee / daß di ihr selbst erbauet /
  Di weder Mann noch Weib / noch Zwidorn / noch ein
    Geist /
An der man keine Zeit und eine Zeit auch schauet /
  Di Mann / auch Weib / und Ding / ja auch was
    mehrers heisse.
Mein Wandrer / wilst du hir noch klärern Nachricht ha-
    ben?
Di Keuschheit hat sich selbst in dise Grufft vergraben.

XVII.
Grab eines Seiden Wurms.
Ein rein-gereimtes Sonnet.

DIß Grab beschleusst in sich di Mutter aller Sei-
    den /
Den Auszug hoher Pracht / und Mehrerin der Freu-
    den /
Das Kaiserliche Thir / aus dessen Eigeweiden /
Ein ädles Garn entspringt / das billich zu beneiden.
Der Welt-atlanten Schaar wil sich mit disen kleiden /
Das Prinzessinnen-heer wünscht dis nimals zu mei-
    den /
Di Purpur-schnekke muß ihr Blutt darzu bescheiden /
Und ist der Fürsten-Hoff geneigt bemeldten beiden.
Der braune Maulber-Baum in Anmuts-holden Häi-
    den /

Ernährt und nährt es nicht / es spinnt mit eigen Lei-
den/
Wann es sich selbst verstrikkt / und gleichsam wil verei-
den /
Das Gold-Garn und zu gleich sein Leben abzuschnei-
den.

XVIII.
Grab des L. P.
aus einer
Rein-gereimten Sechstinnen bestehend.

DJ Grufft beschleust in sich ein Wunder aller Lei-
chen /
Des Himmels Meisterstükk / dem irrdsche Kunst muß
weichen /
Der Welt unschätzbar Schatz / den nimand sol erreichen/
Vor dessen Gold-strahl bräut das Sonnen-Gold erblei-
chen /
Den Auszug höchster Krafft / di sich nur ihr kan gleichen/
Di durch Verwandlungs-wind lässt goldne Segel strei-
chen.
Steh / Wandrer / du must hir nicht straks vorüber
streichen!
Nimm klärern Nachricht ein von diser seltnen Leichen.
Hir lige / di sich entschloß dem Trißmegist zu weichen/
Si wolt Jhn Hand und Ring und ihren Zepter reichen:
Als nun ihr Pyramus einst plötzlich must erbleichen /
Folgt dise Thysbe nach / und starb mit Jhm inglei-
chen;

Si

Grabeschriften

Si starb und starb auch nicht/ si star
chen/
Ihr Nichts ist mehr als Nichts/ diß [...]
verstreichen/
Si ist ein Geist/ kein Mensch: Wi mä[...]
Si ist ein Mensch/ kein Geist: Wi solt[...]
Si ist fast Zwerge-klein und kan d[...]
Si ist auch Risen groß: Und muß dem
Diselbe ließ unfängst di Schaar erbl[...]
Si zog in Raymund ein/ in Paracels
Ihr Wunsch war Ihnen stets mit [...]
streichen/
Drauff starb si wider selbst/ als jene w[...]
Si rief: Nun ich dem Kreiß noch ein
theil/
So sol kein Sterblicher mehr meine
Es muste strakks ihr Schluß das le[...]
Si trug Ergetzlikeit an eigenem Erbl[...]
Das Hoffen so si ließ/ wil Babels-thu[...]
Si wolt ihr Grabmahl selbst mit Feuer
Verkählte dise Schrifft/ und ward
chen.
Liß selbst/ was si gesatz/ eh du wilst hir
Hir ruht/ was nimals ruht/
entweichest/
Man suchet mich umsonst/ der
erbleichen/
Ich mach aus Armen reich und
Reichen/

Mich krönt noch Jungfrauschafft / weil keiner mir kan gleichen.
Hir lag ich / iß nicht mehr stat meiner ligt anstreichen;
DiLeich ist sonder Grab/ diß Grab ist sonder Leichen.

OWENUS

libr. Epigr. ad Heroin, Stuart.
127.

Omnia salsa sitim pariant Potoribus: Os
Lectori pariant Carmina nostra sitim.

Θ. B. A.

D. K.
Kurtze Anmerkkungen
über sein
Spil-ersinnliche Grabe-schrifften.

Eneigter Leser. Di heutige Gewonheit hat etliche Anmerkungen / in dem ersten Drukke gebohren/ welche ich du wiederum überlifere. Daß solche wenig dinen/ ist leicht zu bekennen / weil weder Gelehrte noch Ungelehrte vergnüget werden; doch weil si ti Gedanken des Urhebers/ wi in einem Schatten bilde/ zu entwerffen pflegen/ haben wir das auf-gesätzte dißmal leicht behalten. Und zwar in der V. Grab-schrifft bey den 3. Vers:

Durch Nerons Neid gelegt. Nero ist ein sonderbahrer Libhaber der Getichte gewesen/ und hat/ als ein geschikter Natürlicher Poet/ unterschidliche herrliche Sachen / der Nachwelt hinterlassen/ auch solche auff offentlichen Schau-platze abgesungen. Vid. WILKIUS Orat. X. p. 218. Dahero sol auch / unter andern Seneca/ bei Ihm sein angegossen worden/ wi er sich / dem Kaiser zu Trutz/ der Poeterei beflisse. Gleiches wird auch von dem Poeten Lucan beim TACITO in 15. Jahrb. am 49.

am 49. Cap. berichtet/ es habe Kaiser Nero/deſſen gemachte Verſe/allenthalben unter gedruckter/und diſe publiciren zu laſſen verboten. Beſihe LIPSium Commentar. in hunc locum TACiti, den MOSCHeroſch oder Phil von Sittenwalt im 1. Theil Satiriſch.Geſchſ--te/das VII. p m. 239 und di Anmerkungen H. Dah. CASPERS, zu ſeiner wolgeſätzten Epipharis 675. Verſe der 1. Abhandel.

8. 3. **Ich muſt' Agaven ſchlecht.** Hir wird geſehen auff den Ort des Juvenalis Satyr. 7 wann er ſpricht:

Lætam fecit cum Statius Urbem,
Promiſitque diem tandâ dulcedine captos
Afficit ille animos, tantaque libidine Vulgi
Auditur, ſed cum fregit ſubſellia verſu,
Eſurit, intactam Paridi niſi vendat Agavem.

Beſihe/ wi ſolchen Ort der Unvergleichliche Caſpar BARTHius Adverſar. Tom. I. libr. XXVII, cap. 17. p. m. 1304. 1305. erkläret. Eben von des Statius Armutt handelt auch Franciſc. PETRARCHA de Remed. Utriusque Fortunæ libr. 2. Dialog. 9. p. m. 369.

7 1. **Als ich war gantz entzündt.** Plinius der Aeltere iſt im 56. Jahre ſeines Alters/ Ann. Chriſt. 79. den 2. November/ bei dem Berg Veſuv/als er den Urſprung deſſelben Feuers erforſchen wolte/erſtikket. Welche Unglükkſelige Bemühung weitläufftig beſchriben. PLINIUS der Jüngere im 6 Buch der 6. Epiſtel/ und aus demſelben Joh. Ludwig GOTTFRID in Hiſtoriſch. Chronic. am 4. Theil p. m. 346. Col. 2. DREXELIUS Aurifod. Part. 1. Cap. 3. IANSIUS Oration. contra Galliam p. m. 221. Von deſſen ſonderbahrem Fleiſſe/

Anmerkungen /

wi auch seiner eigenen Nachahmung/besihe den Jünger PLINium in der 5. Epistel des 3. Buchs an Marcum gegeben; und nach beliben MURETUM Volum. 2. O rat. XV.|M. Christoph. POMARIUM, Fautore meum obfervandum, Confiliario Scholastico p. r 191. Weit glückseliger aber ist der Unvergleichliche thanaf.KIRCHERUS gewesen/der alles dasselbe besich get / was jener verlanget/ und in seinem ewig währe den Werke des Mundi Subterranei auffgezeichnet. sihe auch Erasm. FRANCISCI in Ost-West-Jndis Sinesischen Stats-gart. Part. 1.

II. 3. **Des Romes Zunge blitzt.** VELLEJ PATERCULUS, nach dem er des Ziserons Tod schreibet / so bricht er im 2. Buch am 66. Cap. in b nachdenkliche Worte heraus. Vivit vivetque per mnem feculorum memoriam: dumque hoc vel fo vel Providentiâ, vel ut cumque constitutum reru Natura corpus, quod ille pœnè SOLUS ROManoru animo vivit, ingenio complexus est, Eloquentiâ ill minavit, manebit incolume, comitem ævi sui laud Ciceronis trahet,omnisque Posteritas illius in Te so pta mirabitur, tuum in eum factum exsecrabitur,c usque in MUNDO HOMINUM, quam cadet. Fulvia mit seinem Haupte verfahren und was berg chen mehr vorgangen / lehret Franc. FABRICIUS storiâ Ciceronis p. m.146. weitläufftig

13. 3. **Ich ruffte Götter an.** Was Symmach vor ein Man gewesen / weiset Prudentius libr. 1. con Symmach. v. 634.

O Linguam miro verborum fonte fluentem
Romani decus eloquii : cui cedat & ipſe
Tullius! has fundit dives facundia gemmas.
Os dignum æterno tinctum quod fulgeat auro!
Si mallet laudare Deum, cui ſordida monſtra
Prætulit,& liquidam temeravit crimine vocem.

Wie auch in Præfat. libr. II. v. 51. zu welchen Ort du beim Weitzium in Notis p. m. 749. auffſchlagen kanſt. Wie eiffrig er den Götzen-dinſt verfochten/ zeiget SIGEBERTUS Gemblacenſis in Chronic. ſuo ſub Anno Domini 407. Jo. CUSPINIANUS in Comment. Conſulum. Jacob. GODOFREDUS in Vit. Symmach. VICTOR GISELINUS in Prudent. libr. 1. contr. Symmach. Comment. q. p. p. m. 488.

16. 1. **Der ſich den Jupiter der Erden.** Diſes erzehlen JUSTINUS lib. V. cap. XI. §. 12. VALERIUS MAXIMUS libr. 9. cap. VI. Ext. Ex. 1. ſ. 1. CURTIUS libr. VI. cap. VI. Jo. FREINShemius Supplement in Hiſtor. Curt. cap. I. libr. I. §. 13. & ex Politico GREG. THOLOZAnus libr. VI. de Rep. Cap. II. §. 7. p. m. 199 & SCHONBORner libr. 2. Politic. Cap. 26. p. m 198 Woraus aber diſe Benennung zu erſt entſproſſen/ erkläret aus Joſeph. BENGORION libr. 1. cap. 4. der tiffſinnige KIRCHERUS Oedip. Ægyptiac. P. I. Syntagm. 1. cap. p. m. 101. es habe der Ertz-zauberer Nectanebus/König in Aegypten/ bei der Olympia/unter der Geſtalt des Jupiters geſchlaffen/von deme Alexander war gebohren worden Dergleichen führet auch an erſt angezogener Freinshemi. daſelbſt §. 15. Wie aber
hier

Anmerkungen.

hirvon Monsieur Balzac au livre nommé le Barbon wenig halten wolle/zeigen seine Worte: Il (le Barbon) rompt la teste à tout le Monde des aventures prodigieuses d'un Nectabis ou Nectanebo Roy d'Egypte; qui par le moyen d'une herbe inconnue & de quelques fleurs enchantées dont il bait la un buoquet à la Reyne Olympias, lui fit accroire qu'il estoit Jupiter Hammon, & entra sous ce masque dans sa plus estroite & derniere confidence.

19. 1. **Der Leichen hat beseelt.** Von des Theophrastus Wunder-curen schreibt vil MELCHIOR ADAMUS in Vit. Germanorum Medicorum. Von seiner Gold-wandelung MICHAEL NEANDER descript. Orbis ter à Part I. G 8 Von den Planeten-sigillen besihe THEOPHRASTen selber in I. Buch Archidox. Magicæ de sigillis Planetarum. Weil aber so vil Urtheile so wol von seinem Leben / als Schrifften anzutreffen / ist unnötig dißmal mehr zu gedenken.

20. 1. **Ich starb, eh ich erzeugt.** Es ist sehr denkwürdig / was die Spanischen Geschicht-schreiber ums Jahr der Geburt unsers Heilandes 923 erwehnen. Sanctius Abarcas war noch nit gebohren/als der Vater Garcias Enecus/ und di Mutter Uraca / von dem Araben umgebracht ward: welcher aus dem bezwungenen Leibe den arm rekte/u. so bald diß Sanctius Guevara sahe, zog er völlig dessen Glider heraus/ daß er wunderbarlich gebohren / und nachmals auff den Thron erhaben worden. Eben dergleichen Wunder-Exempel hat sich so an Georgien Epiroten zu getragen/ von welchem VA-
LERI-

.ERIUS MAXIMUS libr. I. c. VIII. Ex. V. Extern.

11. 3 **Durch deſſen eigne Fauſt.** Di Worte der Clytemneſtra / welche ſi gegen ihren Sohn Oreſten gebrauchet / als er ſi umbringen wolte / ſind zu befinden in Antho'og. Græcorum Epigramm. l. 1. Tit. 30.

Πῆ ξίφος ἰθύνεις, κ᾽ ἀ γαςέρος, ἢ κατὰ μαζῶν.
γαςὴρ ἡ σ᾽ ἐλόχευ(ις, ἀνεθρεψαντ π μαζοί!

Welche des Schleſiens Virgil / Opitz zirlich alſo verſäzet:

  Hir Brüſte / da iſt Leib: durch welches ſol
            dein Schwerdt?
  Der Leib hat dich g bohrn / di Brüſte dich
               genähret.

Alſo redet auch Agrippine unten in der 86. Grab-ſchrift Anmerkung / welche du ſehen kanſt.

22. 1. **Der Held Miltiades.** Vom Miltiade und den vir nachfolgenden hat ſo wol weitläufftig / als zirlich der Politiſche Scribent / CORNELIUS NEPOS geſchriben / deſſen Worte meiſtens allhir ausgedrukket worden.

26. 3. **Theben Thron in Purpur ſtund.** Wi diſe berümte Stad mit dem Epaminond ſei gewachſen / und deſſen Tode widerum vermindert / beſchreibet erſtangeführter NEPOS Examinond. cap. X. §. 4. POLYBIUS libr. VI. prolixè. VALERIUS MAXIMUS libr. 3. Cap. 3. Extern. Ex. V. §. 13. JUSTINUS libr. 6 cap. 8 §. 2 Derer göldne Worte hiher zu ſätzen / weil di Kürtze meines Vorhabens nicht zu laſſen.

27. 2.

Anmerkungen.

27.2. **Weil ihre Mutter ſt.** Argia eine Prieſterin/als ſie ward von ihren zweien Söhnen/ Cleobe und Bithone/ auff einen Wagen/ in den Tempel der Juno geführet/bat ſi von der Göttin / daß ſi ihren Söhnen wolte/vor diſe herrliche That/das allerbeſte Gut der Welt geben/welche eilends und plötzlich zugleich mit einander darauff ſtarben. Valer. Maxim. libr. 5. Cap. 4. Ext. rn. Ex. 4. §. 15. CICERO 1. Tuſcular. Quæſtion. f. & Conſolation. Lipſiano Operi in Tomo I. annexa p. 693 a. SUIDAS in Cræſſ

28.3. **Di Sonne diſer Erden.** Alſo redet auch der Auctor Oration. in Sa. maſ. Obit. p. 3. Claud. Salmaſius, Vir antiquâ generis nobilitate illuſtris, doctrinæ immensâ Varietate admirabilis, maximis in Rempubl. litterariam promeritis inſignis & Lugdunenſis hujus Athenei, immo ORBIS LITERATI UNIVERSI SOL CLARISSIMUS. Wi thöricht / ja recht kindiſch ſpricht des Salmaſius Ertz feind. Jo. MILTONIUS contra Salmaſium Præfat. Nihil elaborate, nihil diſtinctè, nihil quod ſapiat, in lucem emittere aut ſoles aut potes: ſed veluti Criſpinus alter, aut Tz.lz.s. ille Græculus, modò ut multum ſcribas, quàm rectè, non laboras: *neq; ſi labores, valeas.* Des Salmas ſein Leben beſchreibet auch nicht ungehen der Vilbeleſene Mart. HANKIUS libro de Romanar. Rerum ſcriptoribus P. I. CAP. XC.

29.3. **Zerriſſen ward von Hunden.** Als Euripides/bei Nacht von dem Abendmahl Archelaus/ König in Macedonien nach Hauſe gehen wolte, hat Promerus einer ſeiner Mißgünſtigen, Hunde an Ihn gehetzet/ vo-

Anmerkungen.

denen er zuriſſen ward VALERIUS MAXIMUS, libr. IX. c. 12.

39. 3. **Ein paar Geſchwiſter ſind.** Von diſer und den V. nachfolgenden Begebenheiten / kan auffgeſchlagen werden Rouſſerens Trauer-geſchichte / durch Martin ZEILERn überſetzet / als bi VIII. IV. XV. XXI. und I. auff welche vornemlich geſehen worden.

52. 3. **Der Chriſten Xenophon.** Mit diſen wie auch mit den Maſiniſſen hat ſich ſelber zuvergleichen beliebet Julius Cäſar SCALIGER, wann er beim LIPSIO Centur. II. MISC. Ep. XLVI. alſo ſchreibet: Pugnavi (Jul. Scaliger.) pedes, eques, adoleſcens, Juvenis: miles, Præfectus, certamine ſingulari, in obſidionibus, in campo civili, ad ludos equitum ordinarios, in excurſionibus, in exercitibus. Sæpius vici, aliquando victus ſum, corpore, non animo: non Virtute, ſed fato: ſed ita, ut etiam adverſi caſus ipſi majori mihi fuerint honori propter egregia facinora, quam ipſis hoſtibus victoria. Quod ſi exempla non ſunt odioſa, poterit illius (Paſchalii) erga me amor ejus animum eo impellere, ut ſimul & Maſiniſſam & Xenophontem componat, quod utriuſque idea fix me unum exprimat.

53. v. 1. **Das Frankreich ehrte mich** Es wird eliber auff des OWENus ſeine ſcharffſinnige Beiſchrifft in Appendic.

 Abſentem nunc Gallia Te deſiderat Unum:
  Tum Tua Te tenuit Gallia, nullus eras.

Über ſeiner Zeit-Verbeſſerung ſind alle höchſt-beſtürtzet ſondern daß auch Dan. HEINSIUS Orat. in Joſ. Scali-
            ger.

ger. Fun. **herausbricht:** De quo Opere (libri de emendando tempore) nemo unquam solus judicare potuit. Edidit immensum illud & Herculeum opus senex & affectâ ætate, in quo Chronicon Eusebii recenset, omnium Historicorum ac Chronographorum errores notat, totam sacram ac persanam Antiquitatem illustrat. **Deßgleichen** VOSSIUS libr. II. de Historic. Latin. C. XI. p. 296 JOS. SCALIGERI in hoc (Eusebianum) Chronicon Commentario, nihil excellentius, aut simile, etiam interiores habent litteræ. **Doch wil solches Companellen nicht allerdings gefallen / denn du sehen kanst.**

54. 2. **Mit dem Beredsamkeit.** Es ist auff di Worte Franc. BENCII gezielet worden Oration. Funebr. in Muret. p. m. 673. Ad MURETum laudandum eo ipso, qui laudatur, Laudatore Opus esset, sed admoneam etiam ELOQVentiam ipsam decessisse cum Homine ELOQuentissimo.

55. 2. **Ein GOtt der klugen Welt.** THom. REINESIUS I. Var. 2. Adjvicies octies centum omnis generis Auctores, quantum Latium, nec Aristarchus, nec Varro, nec Plinius, nec Athenæus (quos omnium fuisse instructissimos, à multâ lectione nemo nescit) Casp. BARTHIUS in amplissimo Adversariorum Opere profitetur legisse: eosque nonnullos ita sibi deditos habet, ut eum non hujus tantum seculi, sed quorumvis ceterorum Philologis & Criticis præferre non dubitent; & simile ab uno Homine nihil unquam in litteras missum videri posse velint. Vid. Jos. BARTH. de scips. Præf. in Anim. ad Claud. qv. extr. & Præf. ad Lector. Tom. I. Adv. qu. f.

Unter seinem Bildniß in bemelten Adverlariorum Opere stehet solche Lobschrifft:

ΑΝΤΙ ΘΕΟΝ· ΤΟΤΕ· ΧΡΗΜΑ· ΒΡΟΤΩΝ· ΜΕΓΑ·
ΘΑΤΜΑ. ΘΕΩΝΤΕ
ΕΜΨΥΧΟΝ. ΕΙΟΟΡΟΩΝ. ΣΤΝ· ΓΑΣΤΕΡΙ·
ΒΙΒΛΙΟΘΗΚΗΝ.
ΒΑΡΤΙΑΔΗ. ΚΑΛΟΝ. ΕΙΠΕ. ΧΡΟΝΩΝ. ΚΟΣ-
ΜΗΤΟΡΙ. ΠΑΝΤΩΝ.
ΕΛΛΑΣΤΕ· ΑΥΟΟΝΙΗΤΕ· ΤΟ· ΟΟΝ· ΚΛΕΟΣ·
ΑΙΘΕΡΑ· ΒΑΙΝΕΙ.

Besihe auch Thom. MAGIRUM in Onomatolog. Tit. BARTH.

LXIV. 2. **In eine Schrifft verstekkt.** Raymundus Lullus hat in seiner einzigen Grossen Kunst mehr Wunder verborgen/ a s sattsam zu begreiffen. Wi hoch Jhn aber theils erhoben/ theils verlachet/ mehr aus eigenem unvermögen als aus Grundrichtigen Urtheile/ sind alle Bücher vol/ und hat den Lullum nichts destoweniger hervor gesuchet der Welt-beruffene und ausbündig-tiffsinnige P. ATHanaſ. KIRCHERUS in seiner ARTE MAGNA SCIENDI sive COMBINATORIA, welcher wol verstanden/ wi weit mit ihren Erklärungen LUPETUS, LAVINETa. Corn. AGRIPPA JORDANUS, von rechten Zwekke entfernet/ und wi hoch vil durch di Lullianische Alphabeta gestigen. Besihe Nicol. CAUSINum in LULLI Vita & KIRCH. Præfat. ac Libr. I. CAP. III. p. 3 laudat. libr.

71. 2. **Dem träumte/ wi Jhn hätt·** In Bengala träumte einem Moren-knecht des Nachts/ er wei be vom
Tiger

Anmerkungen.

Tiger hinweg genommen: Derhalben verbirgt er sich drauff/ di folgende/ unter den Uberlauff des Schiffes. Nichts desto weniger kommt selbige Nacht ein Tiger/ da di andern alle schlaffen/ ins Schif/ un̄ verletzet keinen/ ohn allein disen Träumer/ denn er mit sich darvon trug. Erasmus FRANCisci in seiner hochgelährten Schau-Bühnen 2. Versaml. p. m. 244. Es sollen aber di West-Indianischen Tiger/ nur allein di schwartzen/ und nicht di Weissen Leute anfallen. Ja nach des von Linschotten bericht/ wann ein Mohr und Weißer bei einander ligen und schlafen/ so werde der Tiger den Weissen nicht berühren/ den Schwartzen aber hinweg tragen.

77. 3. **Es kam von einen Stein.** OWENUS libr. II. Epigramm. IX. in Chymicum:

Rem decoxit iners Chymicus, dum decoquit aurum,

Et bona dilapidat omnia pro lapide.

Welches ich also verteutsche:

Es wendt der Gold-chimist sein Geld auff einen stein;
Verkocht das eigne Gutt und muß ein Bettler sein.

Videat. MAGIRUS Polymnem. p. m. 356.

86. 8. **Drum ward durch ihre Brut** Di durch dē Sohn entseelte Agrippine ist durch den hoch-steigenden Ril.H. Daniel CASPERS, welcher/ in den Trauer-spilen unvergleichlich ist/ widerum beseelet und so Welt-bekand worden/ daß unnöthig scheint mehr ihr er zu gedenkken. Der nettredende SARBIEV führet si also in seinen Buche Epigramm. LVII. ein:

Que

Quo gladium vibras? Utero mammisne minaris!
  Ah reprimat cæcus barbara tela furor!
Lactabam mammis, utero te, nate, ferebam:
  Dignus erit veniâ forsan uterque locus.
Erramus. Qui te miseras male fudit in auras,
  Dignus uterque mori: Cæsar utrumque feri.

Welches ich also versäße:

Wo sol dein Schwerd hinein? Schau hir den Leib
    und Brust!
Ach daß dein blinder Grimm erstaunt' ob solchem
    Wüten!
Der Leib trug dich/ mein Sohn/ di Brüste gaben
    kost!
Du soltest Gruß und Kuß stat blanker Dolcher bitten.
Doch nein: daß du mein Kind/ verbin ich diſes auch.
Stoß/ Kaiser/ durch di Milch! Stoß/ Mörder/ durch
    den Bauch!

99. 2. *Ich schmähte den Homer.* Zoilus hatte diselben Bücher/ welche er wider Homern verfertiget/ dem Egypter Könige Ptolomäus zu geschriben/ in Hoffnung / eine grosse Belohnung darvar zu empfahen. Als es aber umsonst: und er aus Mangel/ um etwas zu bitten gezwungen ward/ antwortete der König: Er verwundere sich/ daß Homerus/ der vor so vil Jahren gestorben/ noch so vil tausend Menschen versorgen könne; Zoilus aber /, der doch gelehrter/ als jener wäre/ solte mangel leiden. Endlich ward er von einem Felsen herab gestürtzet. ERASMUS Chiliad. II. Cent. 3. Adag. VIII. p. m. 496.

Uber

Anmerkungen.

Uber di Zugabe.

1. 4. **Wi Aeschilus erblaſſt.** Als Aeſchilus den Einfal des Hauſes entfliehen wolte / und ſich auff einen Ort an di Sonne im Blanken Felde ſäzte / floh gleich ein Adler über ihn / und liß eine Schnekke auff ſein kah= les Haupt / daß jener vor einen Stein anſähe / herab fallen / der ihn erſchlug. Val. Max. libr. IX. cap. XII. de Mortib. non Vulgar. Extern. Exempl. 2. & Foppius ab Azema libr. 1. diſſent. Jur. Civil. 17.

3. 3. **Mich ſchäzt der groſſe Lips.** Lipſius der ſtattliche Scribent iſt von Jugend auff ein ſonderbah= rer Libhaber der Hunde geweſen / wi er ſelber Centur. 2. Miſc. Ep. LXVIII. berichtet. / und gedenkket vornemlich / in ſeinem XLIV. Send = ſchreiben des I. Hundert an di Niderländer unter andere vilen Leſens = würdigen Sachen / und recht ſel= tenen Wunder = Beiſpilen / in denen ſonderlich mehr als zuvortrefflich ſcheinet / des Saphyrs / Mopſulus / Mopſus. Unter allen dreien aber iſt diſer Saphyr am allerlibſten Ihm geweſen / wi ſol= ches di LXXXIX. Epiſtel des 3. Hundert an di Niderländer ſattſam bezeuget; Wo er ſeinen Tod ausführlich beſchreibet / Grab=verſe hinzuſäzet / und unter andern diſes Schertz = Grab auffgerich= tet:

HÆCA-

HECATÆ SACR.
SAPHYRUS DOMO BATAVUS
DELICIUM LIPSI, DECUS CANUM,
INGENIO, LEPORE, FORMA,
H. S. E.
TRISTI FATO EREPTUS,
ET FERVENTIBUS AQVIS MERSUS,
CUM VIXISSET LUSTRA, PLUS TRIA.
O HERI DOLOR!
TUUM, LECTOR, ADDE
QVISQVIS LIPSIUM AMAS, IMO
QVISQVIS ELEGANTIAM AUT LEPOREM
AMAS
QVORUM ISTE THESAURUS ERAT.
ABI, FLORES SPARGE
SI NON LACRYMAS.
PLANGEBAT ET PANGEBAT
J. LIPSIUS. OLIM, HEU, DOMINUS,
V. KAL. SEPTEMBR. ↔ IↃCI.

7. 1. *Dem Keines zuvergleichen.* Wir haben bei dieſem Grabe die Epiſtel aus der Cent. Miſc. I. des J. LIPSI, einer rechten Sonnen der Gelährten/ vor Augen gehabt/ welcher des Elephanten wundere Natur mit ſehr eben leſens-würdigen Exempeln beweiſet.

8. 1. *Den Hals bezirte Gold.* Hir habe ich auf die anmuttige Begebenheit gezilet/ welche der ſcharf-ſinnige JULIUS CÆSAR SCALIGER Exercit. CCCXXVI de Subtilitate ad Cardan. erzehlet/ es habe ein Künſtler einem Floh um den Hals ein güldnen Kettchen gemacht

cher/ und weil si konte gefasset werde/ also seine Ergetzung damit gehabt.

9.6. **Verübt er rechtes Recht.** Es wird gezilet/ wie auch sonst in disen gantzen Schertz grabe/ auf den Grund gelahrten HEINSIUM, welcher in der artlichen XXIV. Schertz- und Kunst-rede also saget: Syllam quidem hercule, terrarum Principem, qui bis Mithridatem, bis Marium devicit, qui Athenas profligavit ac evertit, ferro Italiam ac cædibus miscuit, facto simul agmine invasere. Quid Arnulphos, Antiochos, Herodas, Maximinianos, Pheretimas, Honorios, commemorem aut Caffandros, Reges omnes Principesq; ? Ne ad Privatos nunc eam. Cum quibus sine ferro aut milite congressi, illustrem ac præclaram Victoriam tulere. Ut merito, si quicquam judico, usurpare de se illud reus noster possit,

Εἰμὶ Φθεὶρ ἀνδρῶν δαμάτωρ, δαμάτωρ δὲ Τυράννων, Τῆς μεγαλαυχήτε Φθεὶρ Θέμιδος θεράπων.

12. 13. **Manch Indianer sol.** Bei den Indianern ist ein Volk/ welche das Platonische Wunder-thier/ di s. so hoch halten/ daß sie solchem freie Herberge vergönnen/ und den Gebrauch haben/ wann es sich zu gewaltsam gehauffet/ den Prister aus der Wüsten ruffen/ der mit seinen geweihten Händen solche fänget/ si auff sein Haupt nimmet/ und hernach ernähret. Andere verbergen dise gefangene in den Mauer-ritzen/ und so einer si tödten will/ bitten si mit thränenden Augen/ daß man solte in ihrer Gegenwart nicht so grausame That begehen. Ja wann si nichts ausrichten/ so werden si idweder leben mit Golde theuer erkauffen. Doch

Anmerkungen

Doch genug vor dismal. Wem dise und vergleichen Scherz-gräber misfallen / der wisse / daß alles einen Wechsel libe / und wi selbst der Prediger Salamo spricht / zur seiner Zeit geschehe. Es mag MARINO, aus seines Adonis VIII. libe / mit dem Caspárianischen hoch-teutschen Lippen / antworten:

Du / dessen heilig schein der Kurzweil widerstrebet /
Nicht suche Sauerteig der ernsten Sitten hir /
Wer nur den Mangel merkt / der an dem gutten klebet /
Der bricht di Dornen nur / verschmäht der Rosen-zir.

Kurz: Es bleibet darbei / was di Venusinische Sirene in ihren Büchern de Arte Poetica gesungen / mit deren Worten wir schlüssen:

Bald zilt auf Nuz / bald Lust / der Vorsaz der Poeten /
Bald schwestert dis ihr Kil mit dem was hoch von nöthen:
Wer seine Leser lehrt und si zugleich ergezt /
Krönt billich aller Lob / und wird sehr he(.)geschäzt.

Θ · B · A !